致敬

陕西少年
写给武汉的信

宋亚萍
主编

陕西新华出版传媒集团
陕 西 人 民 出 版 社

图书在版编目（CIP）数据

致敬：陕西少年写给武汉的信 / 宋亚萍主编 . --
西安：陕西人民出版社，2020.2
ISBN 978-7-224-13526-8

Ⅰ . ①致… Ⅱ . ①宋… Ⅲ . ①书信集—中国—当代
Ⅳ . ① I267.5

中国版本图书馆 CIP 数据核字（2020）第 029236 号

出 品 人 / 宋亚萍
策　　划 / 万　波
责任编辑 / 王亚嘉　管中洑　文　博　南先锋　马　昕　张阿敏
责任校对 / 冯晓雯　解小敏　周惠侠　陈　曦　常颖凡　张　敏
整体设计 / 杨亚强

致敬——陕西少年写给武汉的信

主　　编	宋亚萍
出版发行	陕西新华出版传媒集团　陕西人民出版社
	（西安北大街 147 号　邮编：710003）
印　　刷	中煤地西安地图制印有限公司
开　　本	787 毫米 ×1092 毫米　1/16
印　　张	5
字　　数	44 千字
版　　次	2020 年 2 月第 1 版
印　　次	2020 年 2 月第 1 次印刷
书　　号	ISBN 978-7-224-13526-8
定　　价	28.00 元

如有印装质量问题，请与本社联系调换。电话：029-87205094

序 言

庚子年春天即将到来的时候，我们正经历着一场由新型冠状病毒肺炎疫情所带来的严峻考验。

疫情发生以来，党中央高度重视，习近平总书记亲自部署、亲自指挥。于是，一场抗击新型冠状病毒肺炎疫情的阻击战全面展开。全国上下在以习近平同志为核心的党中央领导下，组织各方力量奔赴武汉前线。一批批支援武汉抗击新型冠状病毒肺炎疫情的医务工作者，面对危险毅然选择了“逆行”，在抗击疫情的战场上，用他们的行动谱写了一个个感人的故事。

作为出版人，在这个特殊的时候，我们有责任、有义务用自己的行动，为这场全民抗击新型冠状病毒肺炎疫情的阻击战贡献我们绵薄的力量。

从 2020 年 1 月 25 日开始，陕西人民出版社下属公司阳光报社通过爱国主义教育平台“少年家国信”，组织策划了一场大型书信征集活动——“年度特别行动：今天我们都是武汉人——写给抗击疫情一线英雄们的心里话”。截至2月6日的13天里，在西安高新一中、高新一中初中校区、陕师大附中、曲江一中等学校的热情带动下，上百所学校的数千名学生加入这场活动，一批饱含深情和敬意的书信飞进了“少年家国信”的信箱。书信的内容，也从最初的向“逆行者”致敬，逐渐扩大为向各种岗位上奋斗在防控一线的人们致敬。

与此同时，陕西人民出版社也开始利用网络途径，迅速汇聚这些信件中的优秀作品，策划了《致敬——陕西少年写给武汉的信》一书。社里调集了编务、编辑、设计、校对等各方面的骨干力量，用尽可能快的速度，完成了这本书的选稿、编辑、设计、校对等所有工作。

书中不仅收录了写给武汉一线工作者的信件，也收录了一些写给西安战“疫”一线工作者的信件。而在书稿的编辑过程中，我们认为武汉是全国抗击新型冠状病毒肺炎疫情的重中之重，所以书名保留了“写给武汉的信”。

少年，是国家和民族的希望。少年强则国家强！那么，我们的少年如何看待和对待这场抗击新型冠状病毒肺炎疫情的“人民战争”，就不仅关系到当下，也关系到未来。我们衷心地感谢写信的所有少年。他们尽管年龄不同，写作能力不同，但都像鲁迅说的那样：能做事的做事，能发声的发声，有一分热，发一分光……他们所表现出来的，不仅是一代中国少年的爱和善，更是他们的责任和担当。

我们深信，从少年心中流淌出的文字，一定会像涓涓细流一样滋润读者的心灵。

我们终将胜利！

但我们希望，这场灾难过后，留给少年人的，不仅仅是紧张、泪水和恐惧，更是在巨大的灾难面前，我们的党，我们的国家，我们的人民所表现出来的爱、善良、勇敢、智慧、坚毅和担当。那么，我们这本书所要传递的情感，才具有了塑造少年精神的意义，才具有了为国家和民族展现美好未来的可能。

我们这本书很小，书中的文字也显稚嫩，但她承载的精神力量是纯粹的，也是强大的！衷心地希望读者能从书中获得一份真情、一份感动。让我们和少年的心一起迎风飞扬，共同创造美好的未来！

宋亚萍

2020 年 2 月 7 日

目　录

致敬

武汉，少年在西安为你呐喊

亲爱的武汉：

你好！

那一天阳光明媚，和风徐徐，我端着一盏茶，惬意地坐在2019年夏日的东湖之滨。东湖，水波晶莹，时而有几只白鸟掠水而过，远处长江初醒，江面上有呜呜的汽笛鸣响。我不曾想过，原来你，武汉，在那个有些闷热的夏天，是那样美好的城市。

你问我是谁，从哪来？

我只道，我是陕师大附中的一名普通学子，我来自与湖北接壤、有着悠久历史的陕西。

你伸手，着急地想为我这个远方的旅人拭去泪水，因为你听见我的声音在激动又伤悲地颤抖，看见我的泪珠正无法抑制地从眼眶滚落。

如果我告诉此时的你，在2020年的第一个月，将会有猖狂的新型冠状病毒肺炎肆虐于你硬朗的身体；如果我告诉你，一月份的你，将会成为一座被病痛折磨的“空城”，你会如何？你听了我的话，似乎有些难以置信，但还是拍了拍我的肩膀，坚定地说：“我相信武汉人民是最勇敢、最乐观、最坚强的，就算再多的苦难摆在我们面前，我们也一定会齐心协力，永不放弃地克服它，消灭它！”你对武汉人民抱有如此坚定的信心。是的，我也有，附中学子也有，陕西人民也有，全国人民都有！我想告诉你，在那黑暗的一月里，是来自全国各地的白衣天使提灯点亮了希望——曾经在网上读到这样一句话：“哪有什么白衣天使，不过是刚刚成熟的孩子，换上了件白大褂，便义无反顾地出征了。”现在的你也许无法想象，在那些看不见尽头的日日夜夜里，是他们不放弃任何一个病人；是他们悉心照顾每一个无助的生命；是他们不曾脱下工作服，手指起了泡，睫毛上的汗珠凝了霜；是他们在热闹的新年奔赴战场，将那些思乡、思亲的苦痛默默地在心里藏好……

最辛苦的是他们，最可爱的是他们，最令人敬佩的更是他们！

如果我告诉你，在这场与病魔的斗争中，武汉人民用歌声唱出了最坚定的信念，你一定会会心一笑，爽朗地赞道：这都是武汉的好儿女！我们永远不会忘记，在那一个个寒冷、寂寞的夜晚，是武汉的儿女用嘹亮质朴的歌声，点亮一盏盏信心的明灯。当《义勇军进行曲》《我和我的祖国》在夜晚的小区里齐声唱响，有多少中华儿女也附和着激动地吟唱，又有多少人心中暖流滚滚，泪水涌出。这就是武汉的好儿女，热血、自信、坚强，团结成了一片赤诚的海洋！

如果我告诉你，中国人民在这一紧急时刻又展现出了团结与刚强，你一定会欣慰地笑起来吧。即使病魔猖狂，各省支援武汉的医疗队伍未曾间断；即使时处新春佳节，火神山医院、雷神山医院的建设工程未曾懈怠；即使疫情已扩散到了全国，可各个省份仍尽自己最大的能力来援助武汉。

如果我告诉你，在我们学校有那么一群少年，毫不犹豫地将自己的压岁钱捐赠；如果我告诉你，我们每天都在网络上为武汉加油；如果我告诉你，我们从未放弃希望，一直与武汉的兄弟姐妹心连心，一同坚强地对抗病魔；如果我告诉你，我们都收起了青春期少年的那种狂放，耐心地洗手，听话地戴口罩，待在家中认真地读书学习……

我们能做的事很少，我们的力量很绵薄，可我们的心是热诚的，我们的信念与万千中华儿女一样坚定不移！

泱泱中华五千年间，天灾人祸未曾断绝，可中华儿女又何曾屈服、何曾退败！而你，武汉，坚强的武汉，豪放的武汉，更是何曾畏惧！听，武昌起义的隆隆炮响仍未断绝；看，长江大桥似飞虹般跨越长江天险，震撼了每个中华儿女的心。

如今，敌人无形而肆虐，可我们不曾退却！我相信，在全国人民的团结与奋斗下，我们的信念将会化作赤色的长剑，刺入病魔的胸膛！

在此，我谨代表陕西的学子，为武汉呐喊：加油，武汉！

此致

敬礼！

王云莉

2020 年 1 月 31 日

再挂帅，鬓已霜

——致敬钟南山院士

敬爱的钟南山院士：

想为流泪的中国写一首诗，诗里面是伤痕累累的武汉。流泪的武汉日日孤寂地走进您的梦中。在无数凄冷黑暗的夜里，您枕着城影到天明。

岁月无情，往昔一去十七载。“非典”当头，疫情蔓延，在举国紧张之际，您无惧无畏，出征挂帅担任广东“非典”医疗专家组组长。您以六十七岁的高龄，一马当先，以一句“把所有重症病人都送到我这里来”，温暖了无数的人。这世上，哪有什么白衣天使，不过是一群平凡的医者，换了一身行头，逆向而行。从那时起，钟南山的名字享誉全国，人人皆称您“非典英雄”，可您深知，再多的头衔名誉，换不来因伤病去世的人的生命。这世上，最遗憾的，莫过于凡人到头来，面对伤病时的“求不得，留不住”。

您曾忧虑，“非典”会卷土重来，若我们不加以控制，大自然的“报复”终有一日将再次降临。时光静好不曾惜，繁华落尽终是悔。2019 年末 2020 年初，新型冠状病毒肺炎在武汉肆虐，八十四岁高龄的您，再次挂帅担任国家卫健委高级别专家组组长出征武汉。广州到武汉的动车上，您在餐桌旁闭目休息的图片，让人泪目。十七年的时光，一眨眼，再回首，已是鬓满霜。

近三天的实地考察，您再一次置身抗疫最前沿。镜头前，您哽咽着，“劲头上来了，很多东西都能解决的，大家、全国帮忙，武汉是能够过关的”。荧幕前的我们，潸然泪下。正如巴金先生所说：“梦见你哭了，我心里难过，就醒了。”武汉，是一个英雄的城市，你无须开口，我们和人间真情便统统奔向你……武汉，不哭。

此刻，所见所想，是您从死神手里抢救回来的一条条生命；所闻所识，皆是那句“我曾踏月而来，只因你在山中”，战疫情迎难而上，为的是十四亿中国人的心。

钟老，您的医者仁心，您的无私奉献，给千千万万同胞携手共抗病毒的勇气，更是我们最无畏的底气。

所谓国士无双，您，用一生诠释。

此致

敬礼！

梁雨菲

2020 年 1 月 30 日

希望的力量

——致尊敬的钟南山院士

尊敬的钟南山院士：

庚子鼠年，正值新春。数日操劳奔波，奋斗在抗击疫情一线的您，可还安好？

望您在打开这张信纸之时，可以让额前紧锁的眉头有片刻的舒展，让焦急繁杂的心绪有一时的宁静。在这里，先给您说上一声：“过年好！”我知道或许这小小的祝愿有些心酸与不合时宜，但还是真挚地期盼着，有一丝触动心弦的微笑牵起了您嘴角的皱纹。

此刻，不仅是武汉，全国的各个城市都笼罩在病魔的阴霾之下，陷入了令人揪心的沉寂。西安也是这样，夜幕下的红灯笼在路旁明晃晃的有些喜庆得过了头，大街上寥寥无几的行人都戴着口罩行色匆匆。我守着这张宁静的书桌心里思绪万千，窗外之事所系家国，谁又不是在抗击疫情的紧急时刻，胸中如承千斤之重？但母亲轻轻地说：“钟南山老先生说了，会好起来的。”这一句淡淡的陈述，却如定海神针深深地平复了不止我，还有全国人民心中的波涛汹涌。顿时，我欲展开一张薄纸，想给您诉说这不一样的新春佳节。恍然间我意识到，当您托举起一个个渴望疗愈的生命时，那么重，又那么轻，我提起笔杆时的感觉也一样。

这一次抗击新型冠状病毒肺炎疫情，对成千上万的呼吸科、传染科等医疗工作者而言，是与死神和病魔的殊死搏斗。虽然我的母亲不是医护人员，却也是一名医药工作者，在疫情刚严重的时候，她就开始万分牵挂，嘴里时时叨念着。她从事相关工作十七年，非常清楚此次疫情的危害，正如当年的“非典”，会带来可怕的影响。母亲每年都会参加您所出席的呼吸病学年会，她曾不止一次向我提起您，提起您十七年如一日地操劳和奔波。每当您稳如泰山地立于会场发言台上致辞，母亲都会感慨万千，说若能像您一样，将每一分每一秒都过得朝气蓬勃、充实忙碌，定会独具一份儒雅随和、坚毅挺拔的美好气质。所以，当您的名字出现在这次抗击疫情的“战役”中时，母亲声音略微颤抖，她给我展示着手机上的新闻，激动地说：“钟南山老先生‘出山了’！”

我甚至可以想象，您在多少个辗转难眠的深夜，思索着疫情发展态势和最佳应对措施；我甚至可以看到，您在多少个四处奔走的白日，关心着医疗工作者的进展和患者们的生命安全。我多想问问您，是否曾停下过脚步，看一看窗外春寒料峭之中，动人的花儿盛放？是否曾抬起过双眸，望一望家的方向，暖人的灯火点亮？

您虽已高龄，但您坚定不移的信念在目光如炬中，成为我们心中源源不断的力量。有“最美逆行者”和病魔擦肩而过却日夜奔波，在厚重的防护服下，用严谨踏实的行动一次次击溃新型冠状病毒的进攻；有无私奉献的爱心人士一次又一次地捐出急需的物资，那沉甸甸的包裹，是对抗击疫情的战士们最无言而深情的支持；有来自不同省市和军队的医疗队在家家团圆的除夕夜集结，吹响永不退缩的号角，在飞机的轰鸣声中留给深夜最无悔的背影；有一个个坚守在家中的我们，绝对不出门，做好自我防护，让您与前线工作者少一份操心多一份安心。这些都是我们可以为您、为抗击疫情做的，也是为了我们自己和家人做的，更是为了在这危难关头团结一心的中国人民做的，最微薄却也是最有力的行动。

亲爱的钟南山老先生，身为高中生，我和我的同学知道，无论窗外有多大的事，都有像您一样专业、敬业的中国人在奋斗、在努力。疫情严重，但我们身前仍能有一张安静的书桌。我们虽然能力有限，但在心怀家国天下的同时，也一定会先做好眼前的事。因为我们知道，我们将是中国下一个十年、二十年的建设者、螺丝钉，我们要做好充足而坚实的准备，在将来祖国最需要我们的时候，像您一样无私奉献，抛洒汗水，就如同您支撑起的一个个生的希望，我们会托举起祖国下一代对于未来美好的展望！

此时此刻，我的心中久久不能平静，还有很多的话，一页薄纸无法承载。但我相信，我们中国十四亿人民，众志成城，与您并肩作战，定能攻克一切艰难险阻。愿我们不论身处何方，都会尽快看到病魔笼罩的阴霾散去，暖意融融的彩灯高挂；愿暖阳早日普照神州大地，送来召唤新生的和煦春风！

此致

敬礼！

刘艺瑽

庚子鼠年正月初五

历史的士兵

——给防疫一线工作者的一封信

奋战在防疫一线的工作者：

拿破仑曾在途经一座山峰时豪气万丈地说："我比这山还要高！"但面对大人物的洋洋自得，鲁迅却清醒地指出："须看到拿破仑身后跟着许多士兵。"

是啊，我们是时代洪流中的普通一员，是历史中不留姓名的匆匆过客，是病毒面前成千上万的普通个人，我们的存在平凡而真实。但因为有了你们的众志成城，我们受到了感动与激励，开始摆脱平凡。

你我是历史的士兵，跟随在时代的将领身后。钟南山院士纵然国士无双，他仍然需要依靠背后的"士兵"。每一次固定好口罩，每一次穿上厚重的防护服，每一次汗如雨下，每一次苦苦支撑，都是光荣的行伍在疾病肆虐的泥淖中留下的一个个足印，遥遥指向地平线后即将升起的太阳。每一支温度计，每一管冷冰冰的药物，每一个在口腔中战栗的音节，都是士兵的刀戈剑戟，蕴藏了普通人生命的滚烫，也由此触摸到历史的温度。

或许有人说那是你们的职责，没有什么值得夸奖，但并不是每个人都有勇气与担当，并不是每个人都有魄力将他人的生命系于自己身上，并不是每个人面对恐惧都能挺起胸膛，你们这些因天职而为生命逆行的人将永远值得赞颂。

或许你们深受物资匮乏之扰，仿佛厚重黑夜中的独行者，时时可能被黑暗所吞噬。但请相信：那些平素木讷的人开始为前方募捐；那些讲面子爱热闹的人毅然地站在路口，将一批又一批来客劝返；那些平日里自嘲“穷得吃土”的人正不声不响地向前方“豪掷”出自己微薄的力量。请你们相信国人的善良，相信身后无数座城池中伫立的历史的士兵都与你们这些先行者同在，虽不发一言，却心意相通。于是，当奋斗时，你们将感到士兵们临阵的豪情；当失落时，会听到身后村庄里儿童的笑语；当痛苦时，将获得无数扇窗后的祈福，无数餐桌边的称颂……你们的一举一动，你们朝向希望的不懈努力，都像士兵推动着历史的车轮，驶向光明的远方。

而我将珍惜这一份来之不易的安稳，努力成为同样优秀的士兵，并为你们送上赞歌。

此致

敬礼！

田逸凡

2020 年 1 月 30 日

献给“打虎上山”的英雄们

“打虎上山”的英雄们：

我提笔的时候，又一个夜晚正降临人间，愿有你们在的地方，灯火一盏盏亮起，替我们，温暖着你们。

是的，不是吗？夜仔细想想，灯便亮了。风想吹灭灯光，却吹来了黎明。

在这浓重的黑夜里，有掩面哭泣后又抹泪前行的一队白衣人，有守在电脑前集资募捐的一群热心人，有十日之内坚决建起一座医院的无名劳动者。

于是我们有胆量相信夜会淡去，相信黎明会在春风里降临。

你们是让人流泪的“愚人”。

我说你们是“愚人”，愚公一般的“愚人”。

只愿放下步子，在这方曾经静好的土地上，带着金砂般珍贵而闪光的品质，为民族的前行慷慨解囊。风无偿助力，鹰得以搏击长空；

驰援武汉，陕西在行动！ 2020 年 1 月 26 日，西安交大一附院 11 名参加第一批陕西省援助湖北应对新型冠状病毒肺炎疫情医疗队人员即将出发。临行前，呼吸科陈小燕教授（左）给医疗队队员王莎莎送上一个苹果："希望你在武汉平平安安……"（摄影 / 杨小兵）

2020 年 1 月 26 日，第一批陕西省援助武汉应对新型冠状病毒肺炎疫情医疗队集结出征。该医疗队由来自全省 51 家医疗机构共 137 名医疗业务骨干组成（摄影 / 杨小兵）

土慷慨滋养，花得以缤纷绚丽；星默然相聚，银河得以广袤壮阔……面对来势汹汹的病毒，在这个人人自危的时刻，你们却“愚”至踏上征程，归期未知。

我看到那些照片里流泪的眼睛，看到端起泡面的手又转而抬起担架操起手术刀，听到沉默，嗅到死亡。这群“愚人”，怀着“冀以尘雾之微补益山海，萤烛末光增辉日月”的献身精神，为苦难的民族祭礼。

你们是心怀悲悯的“圣人”。

神农尝遍百草著成《本草经》，为初入文明的民族滤去疾苦；身着黑衣的墨子在两千年前就以他的悲悯之心去阻止血腥的战争。悲悯的力量从来都深藏在这个苦难民族的血脉里，“兼爱”的力量熔铸在那些勇赴前线的白衣“圣人”里，把黎明的风吹到疫情紧张处。

正是心怀悲悯，工人们在新春佳节里告别亲人，在荒芜的山丘上筑起欣然向春的希望；正是心怀悲悯，远在异国的游人学子，把心系祖国的祈祷，连带着源源不断的物资，送到抗疫前线。

你们是我们的希望，是我们的光，是民族的福祉，是“打虎上山”的英雄。

张自忠抗击日寇，呐喊出这样的壮言：“国家到了如此地步，除我等为其死，毫无其他办法。更相信，只要我等能本此决心，我们国家及我五千年历史之民族，决不至亡于区区三岛倭奴之手。为国家民族死之决心，海不清，石不烂，决不半点改变。”

前人抗击侵略 ，今者抗击病疫。这是真正的英雄主义。在看穿了危险后，你们依然上路。

假若他日相逢，我将贺你，以眼泪，以笑容。

此致

敬礼!

高嘉悦

2020 年 2 月 1 日

江山不负英雄泪

——写给疫情下的英雄们

抗击疫情的英雄们：

习近平总书记曾说过："一个有希望的民族不能没有英雄。"

何为英雄？

你可说，秦皇汉武之君，胸怀大志，雄才大略，修身治国平天下是英雄；

亦可说，岳飞骠骑之将，满膺豪气，精忠报国，铁马金戈护山河是英雄。

其实在我看来，一个时代有一个时代的气质和风骨，英雄就是普通人拥有一颗伟大的心。

疫情肆虐的当下，耄耋之年披甲出征的钟南山是当之无愧的英雄，但英雄更是每一个勇于挺身而出的普通人。

不能忘，那一份份毅然决然的请战书，请的是自己心底的医者仁心，战的是四海八方的国泰民安。当鲜红的指印浸染纸背，那一颗颗赤诚的爱国热心也随之沸腾不已。慨之，黄花岗起义中，为国牺牲百死不辞的林觉民，留下绝笔《与妻书》：“吾今以此书与汝永别矣！”敬之，武汉大学人民医院呼吸与危重症医学科女医生张旃副教授书写了现代版“与夫书”：“此事我没有告知明昌。个人觉得不需要告诉，本来处处都是战场！”读来不觉热泪盈眶，何为奉献？即使有去无回，我也初心不改。

不能忘，那一张张令人潸然泪下的图片。举国欢庆的除夕夜里，无数医护人员坚守在抗疫前线，强忍着与家人分离的泪水，转身却是令人安心的温暖笑容。汗水打湿了防护服下的衣衫；口罩紧紧地勒在脸上，不知是否隔离了病毒，只看到柔软的面颊上留下一道道触目惊心的勒痕；风华正茂的女孩毅然剪短乌发，只为节约穿防护服的时间为生命的战斗多奉献一份努力。

不能忘，众志成城，守望相助的患难见真情。武汉有难，物资告急，各个省份都伸出援手，为“兄弟”送来一份温暖。东北送来了 130 吨的大白菜，江西送来了 160 吨的萝卜……这些驰援武汉的蔬菜，虽平平淡淡，却解决了封城的燃眉之急，更是肩负着别样沉甸甸的一份情谊。各地的募捐更是雪中送炭，一箱箱，一件件，送来了全国人民的信任与支持，留下了最纯粹的爱与温暖。

何其有幸，我的家里有六位医生。今年的春节注定不平凡，除夕夜的饭桌上比以往少了几双碗筷，佳肴仍是记忆里的家的味道，唯独缺了几分团圆的气氛。从春晚上传来铿锵的誓言：“隔离病毒但不能

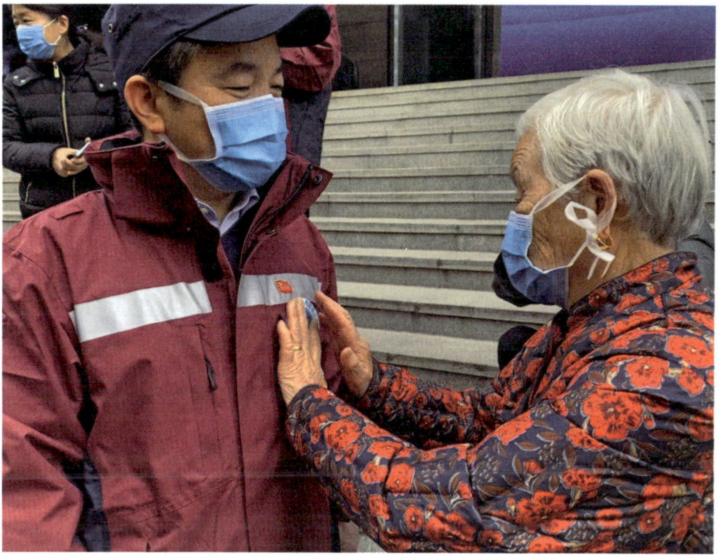

无数即将奔赴抗疫前线的医护人员强忍着与家人分离的泪水，带去的是生命的希望。2020 年 2 月 2 日，西安交通大学第一附属医院，陕西省援助湖北应对新型冠状病毒肺炎疫情第二批医疗队即将出征。81 岁的王杏梅老人给儿子送行，她中午还按老家合阳的传统给儿子包了一顿馄饨。邻居问她给儿子还有啥叮咛的没，她说："没有啥叮咛的，救人呢么，不去咋行！"她的儿子叫马现仓，是西安交大一附院的副院长，第二批陕西省医疗队的队长 （摄影 / 杨小兵）

隔离爱，爱是最好的桥梁。”我蓦然想起姑姑在微信群里发来的请愿书：“自愿奔赴武汉救援，尽己所能，共渡难关。我们时刻准备着，为了人民群众的健康将不惜一切，包括生命！”窗外夜色沉沉，雨滴打下几许冷寂。我望着明月，似乎看到了此刻坚守在医院里的家人们。我终于在这不早不晚的年纪里明白，哪有什么岁月静好，只是你看不到那为你负重前行的人罢了。原来与我常常喧闹嬉笑的姑姑、姑父，此刻也在我看不到的远方不畏疫情默默地守护那一份医者仁心，原来精神榜样不仅仅只有文字世界里流芳百世、遥不可及的那几位，其实，英雄就在我的身边！

鲁迅先生曾说：“愿中国青年都摆脱冷气，只是向上走，不必听自暴自弃者流的话。能做事的做事，能发声的发声。有一分热，发一分光。就令萤火一般，也可以在黑暗里发一点光，不必等候炬火。”我想，这份家国情怀说大不大，说小也不小，当下千禧一代的青年人应该正是向着这个目标砥砺前行。如今疫情当急，青年人或是不遗余力地向亲戚朋友宣传防疫措施，或是尽己微薄之力捐献一些善款。心系国家大事，有智慧地发表自己的独特见解，这不正是鲁迅先生期冀的“做事、发声”吗？

延续共和国七十年华诞以来的爱国热潮，莘莘学子以歌声唱响祖国的大好河山，以文字书写祖国的最美华章。每个人心中大概都藏着一位英雄，每个人都在以自己的方式深深地热爱着祖国。

再看这次疫情，与其说是一场灾难，我更愿意把它称作一次挑战。

致敬，每一位挺身而出的英雄。众志成城，我们没有过不去的坎！

殷忧启圣，多难兴邦。愿祖国母亲早日康复，如果奇迹有颜色，那一定是中国红！

定以吾辈之青春，盛吾世之中华。

愿江山不负英雄泪，且把利剑破长空。

此致

敬礼！

何佳欢

2020 年 2 月 4 日

义无反顾　只争朝夕

——致火神山医院建设者的一封信

尊敬的火神山医院的建设者：

你们好！我是一名来自西安的初中生。在这里，我向奋不顾身、无私奉献的你们致以最崇高的敬意！

这个年，所有人都过得异常艰难！随着新型冠状病毒肺炎疫情不断扩散，武汉决定建造一座专门收治新型冠状病毒肺炎病人的医院，要求十天内建成并投入使用，命名“火神山医院”。因为不同于雷神山医院是在原有建筑基础上进行改扩建，火神山医院是在一块平地上拔地而起的，最能体现中国基础建设的速度。每一次看见火神山医院的工程进度，人们就能看到光明的希望。

除夕夜，你们接到通知后毫不犹豫地奔赴工地，那天下着雨，你们戴着厚厚的口罩，踩着泥泞的地面，像战士一样义无反顾地扎进施工现场。面对每天新闻上通报的感染人数，你们看在眼里、急在心里，只能加速完成任务，因为你们知道：疫情就是命令，现场

战“疫”打响，责无旁贷，除了火神山医院、雷神山医院外，全国各地纷纷行动起来，和时间赛跑，与疫魔竞速。2020 年 2 月 3 日，西安市公共卫生中心项目全面开工建设。西安市公共卫生中心位于西安市高陵区东南，该项目 2 月 2 日进场施工，2 月 10 日建设完成，一期完成后可满足 500 张床位的医疗需求。首期建设的应急隔离病房将提供 500 张床位。照片为 2 月 3 日西安市公共卫生中心建设现场　（摄影 / 杨小兵）

就是战场，与时间赛跑就是与病魔赛跑，时间就是生命！

十天完成任务，这听起来像是天方夜谭，但在你们手中，没有什么是不可能的。你们按照两班倒的方式日夜不停地施工，不断创造着奇迹。五万平方米的场地，相当于七个足球场大小，必须在十天建成，所以你们拼尽全力。日夜沸腾的工地，到处是挥舞的铁臂。当其他人在家吃着年夜饭、看着春晚的时候，在“云监工”里，我看到你们在下着雨的武汉，昼夜不停地赶工，你们的年夜饭只是一份简单的盒饭，没有桌椅，就站在一边，蹲在角落里捧着盒饭吃。你们中的大部分人为了赶工，从前一天晚上进场到第二天都没顾上喝一口水、吃一顿饭，就这样在寒风中冒雨坚守十几个小时。但是从没有一个人抱怨，全都无怨无悔。工作服就是你们的战袍，就是英雄的铠甲。从大年三十开始，经过八天八夜连轴转，在初七晚上十二点实现火神山医院全部通电。火神山医院的灯亮了，光明还会远么？全国人民和我一样，除了感动，无话可说。

经过十天十夜的奋战，我们终于等到了这一天，能被载入史册的一天——

2 月 2 日，火神山医院经过专家验收后正式交付使用。如今，第一批病人正在转院路程中……

可敬可爱的建设者们，你们与病魔赛跑，用火与雷阻击，众志成城把手挽起，只是想保护生病的同胞、兄弟；你们只争朝夕，心系在一起，为中国努力，让全世界都看到，你们创造了奇迹；你们只是一个个平凡的人，却做着不平凡的事。你们，让我相信，我们一定能打赢这场没有硝烟的战争！

虽然不知道你们是谁，但我知道，你们是为了谁！

我们将战胜一切困难！为武汉加油，为奇迹加油，为希望加油！因为我们属于一个伟大的国家，中国！

愿你们平安，祝你们凯旋！愿祖国春暖花开，阴霾散尽！

此致

敬礼！

王津豪

2020 年 2 月 3 日

英雄，一直都在

——致敬曾经抗击“非典”，如今仍在抗击疫情的医护人员

奋战在抗击疫情一线的医护人员们：

新春佳节本是举国欢庆、阖家团圆的日子，而突然暴发的新型冠状病毒肺炎，却给这个喜庆的日子蒙上一层阴霾。

你们是抗击“非典”的勇士，经历过那场为守护生命不惜一切的“战争”，一定对现在的情况无比熟悉。

也是冬天，也是冠状病毒。

十七年后的今天，看到如此熟悉的一幕，你们心中也许有忧虑，也许有恐惧，但更多的，一定是沸腾涌动的热血。

2003 年，如今想起，竟像是一个遥远的年代。而你们，以忘我的大无畏精神奔赴一线，最终战胜了“非典”。

在那场“战争”中，你们牺牲了很多，付出泪水、汗水，甚至生命。有的英雄，永远留在了 2003 年；有的英雄，怀着对自然的敬畏依然豪迈前行。

十七年后的今天，你们也许已经老去，在家中安享天伦；也许正值壮年，奋战在抗击疫情的第一线。

无论你们在什么地方，做着什么样的工作，你们都把医者仁心，跨越时间，带到了今天。

时光流逝，世事变迁，已不是当年。

新型冠状病毒肺炎也不同于当年的非典型肺炎。

病毒变得更狡猾，但是请你们相信，我们一定能战胜它。

请看金银潭医院、火神山医院、雷神山医院。我们如今有了不止一座“小汤山”。

请看钟南山院士、李兰娟院士再度出征。

请看湖北、浙江、江苏、河南高速公路上检查体温的关卡，乡野土路间村庄的检疫点。

偌大的中国，都在奋战。

每个人，每一颗心都紧紧相连。

你听，还有那回响在社区、村户的，是勤洗手、戴口罩的广播；而那一听就让人心潮澎湃的，是金银潭医院的医生护士向疫情宣战的铮铮誓言。

你看，援助武汉的医疗队登上飞往一线的运输机，五湖四海的捐助汇聚向同一个地点。

《战狼》中说，我们每个人的背后都有一个强大的祖国。但其实我们大家，我们每个人，就是强大的祖国。

对于很多人来说， 高悬村庄上空的村庄大喇叭可谓司空见惯。但在当前的疫情防控阻击战中，大喇叭的作用也是非常“硬核”——在迅速组织群众、动员群众、宣传群众，普及科学防控知识、提高群众防范意识、坚定抗疫必胜信心、实施联防联控和群防群控、有效遏制疫情扩散等方面，发挥着不可替代、至关重要的作用。图为 2020 年 2 月 4 日，西安市鄠邑区五竹街道南庆叙村。大喇叭把中央和省上的决策部署、疫情防控科学知识等，不间断地送到村民家中 （摄影 / 杨小兵）

当这片大海的每一滴水都奔涌起来共赴国难，我们有什么理由不相信，胜利站在我们这边！

请你们加油，救治那些被病痛折磨的人们。

请你们小心，在危险的环境中保护好自己。

你们蹚过十七年前的凶险也定能在今天的战斗中凯旋。

待瘟神离去，春风送暖，

回头看，

这盛世，如你所愿。

此致

敬礼！

邱　实

2020 年 1 月 29 日

星　光

——致武汉疫区同胞们的一封信

亲爱的武汉同胞们：

你们好！

空旷的城池，病毒肆虐，我们都处于难熬的“黑夜”。但是请不要在这“夜里”睡去，请不要在这“夜里”迷失，因为我们本是星光，我们自会闪亮。

我相信，我们不会因病毒而倒下。

我们本就是永远明亮的星光，这光芒虽微小，但汇聚起来，便成为璀璨的希望。

医务人员的星光，熠熠照亮着你们。

超强负荷的工作压力下，被口罩勒出的深深印痕、汗湿的隔离衣，无声地诉说着医务人员的坚定。这是一份责任，更是一份大爱，十七年前的白衣天使，以不同的面孔，同样的姿态重返抗疫一线。护士站里，防护服后，那一句句手写的加油，汇聚成了最璀璨的星光。加油，自己；

加油，患者；加油，武汉；加油，中国！

快递小哥的星光，默默温暖着城市。

他们是平凡大众的一部分，他们是这平凡群体中的一个个平凡人。当居民们居家隔离之时，他们放弃与家人团聚的机会，冒着染上新冠肺炎的风险，义无反顾地启动车子，为武汉疫区运送医药、食品等物资。我们都是一家人，本就该用自己的光亮来照亮他人。

全国上下的星光，盈盈陪伴着你们。

身处疫区的你们虽被隔离，但爱心并未被隔离。封闭是一种保护，为你们，也为大家。而逗留在外的湖北旅客，也感受到了如亲情一般的陪伴。宾馆减价、特聘湘厨、免费检查……你们虽流落在外，但绝不会浪迹天涯。祖国永远是你们的家，不论何时也不论何地。全国的物资发往武汉，举国的医师奔赴战场。我们齐心协力，众志成城，一定会冲破病毒肆虐的黑暗，用星光点缀美丽的苍穹。

我们虽身处黑暗，但掩不住的是星光。爱、关怀、陪伴、齐心，我们可以战胜“非典”，自然也会战胜这次疫情！

疫区的同胞们，请坚信，黑夜终将过去，而我们的星光永不熄灭！

此致

敬礼！

席艺秦

2020 年 2 月 3 日

我们最知道摘下口罩的你多美

——双胞胎姐妹写给“被刷屏”的妈妈

亲爱的妈妈：

您好！

腊月二十九的晚上，我们姐妹俩在房间里完成年前最后的学习任务，为的是过个彻彻底底、轻轻松松的新年。

就在之前的两天，您还说过今年过年期间可能会休几天假——那我们俩可有口福啦！我们的“厨神”妈妈会做红烧肉、清蒸鱼、饺子、馄饨、麻辣粉，好期待呀。

就在完成最后的学习任务时，您还在客厅里打扫卫生布置屋子。想想，我们家大概是行动最晚的了吧。就在这时，听见您接电话的声音，我们还笑您真是个大忙人。大年三十早晨，穿好新衣服冲向客厅，我们要吃，要玩，要去爷爷奶奶家拜年，要压岁钱！可是客厅里，您穿着一身迷彩服正在收拾行李箱。

此时此刻，我们不想问，我们安静地坐在沙发上等您说话，等您说出我们可能猜对了的答案。

我们心里清楚，武汉发生了大规模的新型冠状病毒肺炎疫情。那几天我们也在看新闻，关注着信息报道，八十四岁的钟南山爷爷疲惫地坐在火车上的照片我们也看到了。我们想到，您作为一名军人，一名呼吸科的护士长，可能要加班，休假要告吹了，甚至有可能还会到一线去。但是我们没有跟您讨论这个话题，我们幻想着不说就不会变成真的。

记得您抬起头，告诉我们一会儿就走，是去武汉执行任务。听到这个消息，我们的眼泪不争气地掉了下来，怎么也控制不住。平日里只要我们对您加班值班提意见，您就说自己是护士，是军人，是职责所在，是不容商量的。其实，我们早已习惯了您的“说走就走”，只是这次太不一样了。因为那天是大年三十，是一家人团聚的时刻，而且前方的感染风险那么大！

坐在饭桌前，我们俩真希望谁能站出来说一句：您别去！可是，谁也没说。您的电话还是一个接着一个，都是关于工作安排的。

谁能说句话呢？您能不能留下来，哪怕过完除夕再去呢？

终于，我们在饭后决定跟您谈一谈。刚一开口就被您猜到了心思。您说：“我知道你们想说什么，但是妈妈是军人，服从命令是军人的天职；妈妈是护士，救死扶伤也是护士的天职。”我们说：“您当妈妈也是天职啊！您跟我们过年也是天职啊！”您问我们：“如果人人都这么想这么做，你们觉得国家会怎么样？”您说出了一长串我们熟悉的名字，都是您医院的战友，你们要一起出发去武汉，马上就走。

直到今天，大年初七了，您已经在武汉工作了一个星期。您稍有一点点休息时间就会发个微信给我们报平安，关心我们的学习和生活。您说和您在一起的每一位叔叔阿姨都很努力地工作着，大家也都很支持您的工作，大家每时每刻都在努力救治着病人。我们想知道您在那里的每一分钟，每个细节，可我们又希望您能利用离开病房的每一分钟来好好休息下。十年前，您也曾随部队去玉树地震救援的第一线。那时候我们还很小，没有今天这种思念和担心的感觉。

您在武汉的这一星期，我们收获了许多温暖。我们的老师一直在跟我们联系，问我们有什么需要帮助的，在家里还好吗；我们的同学要捐款给您和您的战友们买口罩；您的领导和同事们也惦记着我们；爸爸的表现也很给力，对我们体贴入微；其他的亲人对我们也是关怀备至。

我们想念您，更为有您这样的妈妈而感到骄傲。这几天我们也在想，怎样做您的好女儿呢。“强将手下无弱兵”“虎母家里无犬女”！我们也在心里立下志向，要成为妈妈您这样的人。下厨房便是厨神，能照顾全家人的饮食；去单位就是主力，能医治伤病者的痛苦；上战场就是勇士，能担得起祖国的重托。千里之行，始于足下。妈妈，您这个榜样的力量会给我们无限的勇气。

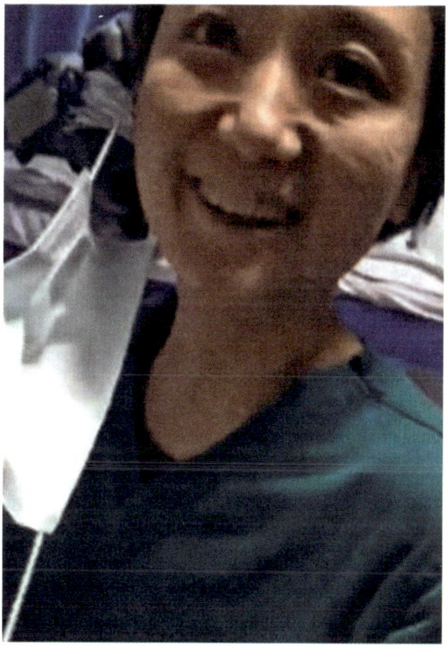

照片中的妈妈摘下口罩，脸上被勒出了深深的印痕，
可我们认为妈妈摘下口罩的那一刻是最美的……

这两天，大家都看到一则有关您的新闻。照片中的您摘下口罩，脸上被勒出了深深的印痕。网友们都说您摘下口罩的那一刻是最美的，但我们担心那个口罩每次戴上和摘下的时候都会很疼。接下来的日子还是要每天戴着口罩和护目镜，还是会勒在相同的位置上，这让我们心痛。不管怎样，您在我们姐妹俩的心里，每一刻都是最美的。我们的压岁钱也都准备要给您买最好的护肤品，并且会帮您敷上面膜。

此时，我们姐妹俩在等待着我们心里最亮的星星、最美的女神——我们的妈妈早日凯旋！也期待着您和您的战友们，还有全国的叔叔阿姨能够早日战胜新型冠状病毒肺炎疫情。

加油，妈妈！加油，武汉！加油，我们的祖国！

您的双胞胎女儿：惠馨荻 惠馨乐

2020 年 1 月 31 日

爸爸，你最美

——致抗击疫情冲在一线的爸爸

亲爱的老爸：

你好！已经好几天没见到你了，我好想你！今天是我的生日，切蛋糕时我许愿——你一定要平安归来。在我的记忆里，这是唯一一个没有收到你的祝福的生日。

2020年春节前一场突如其来的新型冠状病毒肺炎疫情暴发，来势汹汹，令人们措手不及。全国多省立即启动重大突发公共卫生事件Ⅰ级响应，很多医务人员投入一线支援武汉，抗击病毒。你——西安咸阳国际机场急救中心的一名工作人员，春节期间夜以继日地在飞机舱口为每一位到达西安的旅客测量体温，筛查发热病人，确保市民平安。

本来这个春节与往年没有不同，年前妈妈忙着打扫卫生，采购年货，阳台上、厨房里堆满了年货，你也计划好了我们的春节行程。可1月21日你接到单位打来的电话，电话那头的同事急促地告诉你：

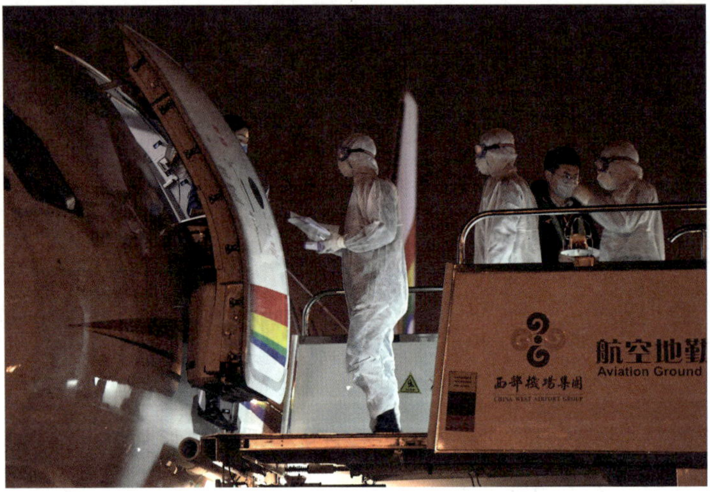

为切实切断新型冠状病毒的传播途径，严把入口关，各省在机场、火车站、高速公路等交通领域全力落实疫情防控工作。图为 2020 年 2 月 4 日，从宁波飞往西安的 TV6040 航班降落西安咸阳国际机场，机场测温小组成员等待进入机舱给机上人员测量体温 （摄影 / 杨小兵）

“武汉疫情很严重，有蔓延的趋势，所有人员立刻赶到工作岗位。”放下电话的你，脸色凝重起来，快速地翻出了工作服，准备出门。我望着你，一脸失望和担忧。你却轻松地笑了笑对我们说：“我可能这几天都回不来了。当然，我不会有问题的，放心！”带着不舍，你毅然决然地赶回单位。

我坐在沙发上惶恐地翻看新闻，对新型冠状病毒疫情有了很多了解。知道它的传染性很强，严重危害人类生命健康，若不控制住，后果不堪设想。随着武汉发布“封城”令，确诊的病例越来越多，市面上的口罩一夜脱销，街道上的行人明显减少，人们神情恐慌。但我也从网络上知道许多像你一样的工作人员为了大家的平安，“逆行”驰援武汉，抗击病毒。一箱箱的口罩、护目镜等医疗用品被人们自发地送往医院，更有一份份爱心外卖堆放在医务工作者的办公室里。“武汉加油！祖国加油！”大家互相鼓舞，一股暖流在四处流淌，让我看到了：这是人类与病毒的一场没有硝烟的战役。但我相信，只要我们遵循规律，团结起来，就一定能战胜新型冠状病毒肺炎疫情。

除夕夜，我和妈妈坐在温暖如春的家里看着春晚，不由地想起正在飞机舱口工作的你，听到主持人不断地念全国人民向抗击病毒的一线工作者们致敬的留言时，我感到骄傲、温暖——大家都记得抗击病毒一线的你们……

大年初一，你发来了穿着防护服的“帅照”：全副武装的你和你的同事看起来像外星人，根本认不出来！但是卸下“装备”的你又露出了标志性的笑容，我知道你还是我熟悉的爸爸。

大年初三的中午，你回来了，疲惫的你进屋后，小心消毒，换好衣服，没来得及和我说两句话就躺在沙发上睡着了，从中午一直昏睡到晚上。我和妈妈静悄悄地在书房看书，生怕吵醒你。晚上，你又接到单位电话，说飞机上需要排查的旅客太多，单位人员不够，你决定连夜返回单位。妈妈心疼而又自豪地说：“我开车送英雄上班去。”你们走后，屋里静悄悄的，安静极了，挂钟不紧不慢地走着，我甚至觉得你似乎没回来过。

在我眼中，你努力工作的样子最美。在病毒肆虐面前，我们因智慧和团结一次次取胜，这种精神是人类独有的。在抗击疫情和在家过春节之间，很多医护工作者之所以毫不犹豫选择“逆行”，是因为他们想让所爱的人、让大家平平安安地过个好年。

谢谢你们——所有在抗击疫情一线的英雄们，向你们致敬！在这个特殊的春节，你们带给我们别样的温暖，你们最美！

您的女儿：赵芳菲

2020 年 1 月 31 日

写给身在援助武汉陕西医疗队的大伯

亲爱的大伯：

您好！这几天您辛苦了。我看到您发来的微信了，您说这次武汉市青山区的区长亲自负责你们医疗队的饮食和住宿，酒店里的饭菜有肉有汤，味道也不错。我们之前还一直担心您的身体呢。

记得您出发的时候，也是悄悄地，只是憨憨地笑着：“武汉有难，咱不能不帮。”奶奶担心得留下了眼泪，但还是目送着您上了车。您说过您是援助武汉陕西医疗队的一员，应当为您感到自豪而不是担忧。我一直理解不了这句话，直到今天，我才掂量出它的分量。

你们队长发的微博我都看到了。先祝贺您，重症练习考核区里，你们已经通过层层医护考核，“帽子应该先戴，然后再拉防护服的拉链，不然不方便戴帽子”。诸如此类的难题您每天都得面对，这让我感受到了您的辛苦和不易，但更多的是，为有您这样不怕苦不怕累、亲临一线的伯伯而骄傲。你们的队长千叮咛万嘱咐：“你们需要慢慢地把衣服向外卷，手要在防护服的边缘，不要靠近自己的衣服，切记不要让手碰到自己的衣服！这样都会增加被污染的风险！”我相信一向严谨认真的您一定会为抗击疫情做出很大贡献，真心地祝愿您工作顺利，尽早平安凯旋！

看到武汉医院有新型冠状病毒肺炎患者治愈出院的消息，我热泪盈眶，因为你们的努力将会有更多的病人康复。昨晚您打来电话，说一切都好，工作量不大，让我们不要担心。我们深知，工作量怎么可能不大呢：新闻上说医疗队穿上一套防护服就需要半个小时，一天要连续六小时穿着它来救治患者。您知道吗？奶奶每天都为您祈祷，也为武汉的患者虔诚地祈祷，她希望自己的儿子平安归来，更希望武汉的患者能尽快治愈。

我知道，您一直在努力阻断病毒的蔓延，却永远都无法阻断对家的思念，那就多和爷爷奶奶通电话吧，这样您就不会那么想家了，我们也就放心了。您出门在外，一定要和同事们相互照应，除了病人，也应该多多关注自己的身体状况，千万照顾好自己啊，一线救援队的英雄。

您这次的援助武汉行动，使我对英雄有了一个全新的认识：为了某种坚定信仰而将生死置之度外的人，就是英雄。这种信仰对您来说可能是医生救死扶伤的天职，也可能是忠于党忠于人民的党性体现。这让我想起了文学家曹植的一句诗：“捐躯赴国难，视死忽如归。”我突然感到一种温暖而又伟大的力量。我相信，正是因为这种力量，一切很快都会好起来。

雪莱说过："冬天来了，春天还会远吗？"我相信，你们的努力，会让中华大地坚强地挺过这个备受折磨的冬天，待到胜利归来日、春暖花开时，我们全家一起相约青龙寺观赏樱花可否？

一直牵挂着您的侄儿：陈章曦

2020年1月29日

逆行黑暗的光芒

——舅妈，我在西安等您凯旋

亲爱的舅妈：

展信安！此刻我坐在灯前，写下这些文字，寄给远方的您。昏黄的灯光洒下来，很像冬日的暖阳，希望这封信，能给您带去阳光一般的温暖与力量。

今年的除夕夜，相比以往有些不同之处。新型冠状病毒肺炎蔓延，整个中华大地被疫情覆盖，让人们多了几分谨慎与恐慌。于是，平时喜欢在大饭店欢聚一堂的家庭选择在家里踏实地吃一顿年夜饭，喜欢走亲访友的人们选择电话拜年送祝福，街道上一片寂静。

除夕夜，阖家团圆，正是一年最欢乐的夜晚。身处外地的我，突然得知您被抽调去武汉支援的消息，我的第一反应是，担心。我与您许久未见，印象中，您总是柔柔弱弱的，不会大声说话，白皙的脸上带着甜甜的微笑。这次的疫情，我怕您瘦小的身体，承担不了那样大的负荷；我也担心弟弟还小，您离开后，他会思念妈妈。

家人们纷纷留言，说您是战士，是英雄，我也在朋友圈里发了一句话："为您骄傲，一定要平安。"

次日，大年初一，家庭微信群里多了一张照片——那是您和同事们的合照。几十位白衣天使站成一排，身姿挺拔，精神抖擞。您穿着厚厚的防护服，护目镜遮住了温柔的笑颜，只露出一双平静中透露着坚定的眼眸。您的眼神中，除了温柔，更添了几分坚毅。

收拾行囊，您毅然决然地奔赴战场，拼尽全力将一个个患者从病痛甚至是死神手中夺回来。我知道，您在武汉负责 ICU 病房的工作，辛苦劳累，不必多言。我看着手机上的最新疫情统计表，一面祈祷着您要平安，一面许愿，您和您的战友们能把更多同胞从生死线拉回安全区。

那天我浏览新闻的时候，屏幕上忽然出现弟弟熟悉而稚嫩的脸庞。他拿着翻开的日记本，上面写满、画满了对您的鼓励与爱。尽管笔画粗拙，线条质朴，但那认认真真落下的每一笔，都是弟弟对妈妈无限的、滚烫的爱。

后来我又在新闻上看到一位护士由于超负荷工作，筋疲力尽，坐在地上号啕大哭的场景。我心底猛然一疼，鼻腔酸酸的——她是谁的母亲，又是谁的女儿？她一定连喝一口水的工夫也没有，哭声那样嘶哑，有谁能够递上一杯水，拍拍她的肩膀，给她一个温暖的微笑？

为众抱薪者，定有碧海长空。舅妈，我在千里以外，为您和无数奋战在一线的医护人员们，深深鞠一躬，恳切地说一句“感谢”。我们都在等您带着温柔的笑脸回家。

有很多暖心的人和事，我想要写给您看：河南某村书记在广播站“硬核”喊话，言语犀利，一针见血，提醒大家不要随意走亲访友，引来网友的一片叫好；很多地方都挂上了带有幽默色彩的标语，警示大家乱吃野味、聚众走访的危害；艺人们慷慨解囊，纷纷捐款支持武汉；同学们尽己之力，在网上募集捐款以及口罩等物资，贡献自己的一份力量……相信您看到这些，也定会觉得心里涌上一股暖流。平日，是你们为我们驱走病痛；如今，风雨来临，我们一起面对，一起战胜。

“天下山河清影在，人间风雨此宵同。”中华的高山大川，必能在阴霾中扛起一片碧空——那是中华民族的精神脊梁；而我们也必会在这场风雨中，团结一心，共同面对，凝聚力量，做你们背后最坚实的守护者。

万事俱备，候君凯旋。

舅妈亲启。

您的外甥女：甘一迪

2020 年 1 月 30 日

“护航”平安

——致坚守在高速路口医护人员的一封信

坚守在高速路口的医护人员：

你们好吗？

新型冠状病毒肺炎疫情让2020年的春节少了一份本该有的喜庆和热闹，也让坚守在岗位上的你们不能和家人团聚。但正是有了你们的身影，才让这个春节多了一份温暖。

我不禁又想起了那天从老家返回西安时的情景。那是大年初四，爸妈都接到了单位下发的紧急通知，要求所有不在西安的人员迅速返程，以便尽早在家隔离观察后进入工作岗位。我们立刻意识到了形势的严峻，于是马不停蹄地返回西安。本来以为一路畅通无阻，可以很快到家，没想到汽车却在河池寨收费站排起了长龙。原来是按照有关规定，医护人员要对返程的人和车进行挨个检查和消毒。

汽车一点一点地向前挪动着，时间一分一秒地流逝，虽说每个

为切实切断新型冠状病毒的传播，严把入口关，各省在机场、火车站、高速公路等交通领域全力落实疫情防控工作。图为 2020 年 1 月 31 日，西安绕城高速长安路收费站，公安民警和卫生防疫等执勤人员对进站车辆逐辆查验、逐人测温、逐车拍照，严防死守，切断疫情传播链 （摄影 / 杨小兵）

人都想早点回到家里，可是整个过程中，没有一辆汽车鸣笛、插队，更没有一个人抱怨、发牢骚。因为大家都知道，现在所做的这一切，都是在为我们的生命和健康做保障。

终于轮到了我们。那时已是下午六点半，长达三个多小时的等待让坐在车内的我们腿脚发麻，浑身难受，每个人的内心都充斥着饥饿、疲劳和焦虑。在寒冷的夜晚，你身穿厚重的白色防护服、手持体温计和消毒设备向我们走来。你仔细地询问我们每个人最近的身体状况，为我们测量体温，又对车辆内外进行消毒。整个过程，你的动作娴熟自如，声音温和亲切。虽然，你的脚步有一些沉重，你的眼神中也掠过一丝疲劳，但我看到更多的是你工作时的兢兢业业和你脸上无比坚毅的神情。

那一刻，我的一切不适早已烟消云散，留在心头的是敬佩和感激。我们的车即将离开时，我回过头，看到后面排队的车辆仍一眼望不到头。我想，你可能已经好久没有回家了，你今天可能还要工作到很晚，但是为了更多人的健康，为了社会的稳定，你义无反顾，恪守职责。我又一次在车灯闪烁的夜色中搜寻你为下一辆车检查的白色身影，那身影，是那么的高大伟岸。

疫情在蔓延，而爱和责任就是阻断病毒肆虐的坚实盾牌。看着你们对每个人的细致检查和消毒防护，感受着你们的责任担当和无私付出，我对打赢这场疫情防控阻击战的决心与信心更加坚定了。

2020 年 2 月 4 日凌晨 2：46，西安绕城高速长安路收费站。此时车辆极少，十多个执勤人员还是严阵以待地守在执勤点　　（摄影 / 杨小兵）

我知道，像你一样无怨无悔、默默无闻坚守着的医护人员还有许许多多，正是你们对职业的热爱、对责任的担当、对生命的敬畏，让你们成为大家心目中的钢铁战士！而这场战役，也让我明白了伟大的真正含义——你们伟岸的身影就是最好的诠释。

此致

敬礼！

杨章艺

2020 年 2 月 4 日

一身警服　万户堡垒

——致坚守在抗击新冠肺炎一线的父亲

亲爱的父亲：

展信悦！

好久不见，甚是想念！您，是一名人民警察，平日里我都鲜见您的身影。疫情来了，您更是从家里消失得无影无踪。您是一名共产党员，疫情暴发，您放弃休假，第一时间奔赴抗击疫情一线。在疫情肆虐的特殊时期，您在保障大家安全的同时，积极投入疫情防控工作中。好几次我想起您，都想与您通个电话问个平安，可又担心打扰您的工作。如今写下这封家书，想问问，您还好吗？

记得有您在的春节，总少不了您和妈妈陪爷爷奶奶玩麻将的身影，总少不了您与表妹玩耍嬉闹也像个孩子似的笑容，总少不了您被妈妈埋怨“好吃懒做”时的乖样子……这一幕幕画面，让我感觉有您的春节是那样的温暖，那样的其乐融融，又是那样的温馨甜蜜。

如今，家里不免多了几分冷清，闲暇时翻看新闻，对您的敌人——新型冠状病毒，也多了一些了解。知道了您的敌人是多么的强大，对您的担心又增添了许多。街道上的行人越来越少，市面上口罩和消毒液几近脱销，人人心中都充满了恐慌，真想问一下您：此时此刻，您可安好？

虽说坏消息一直有，但好消息依旧振奋人心。我看到有许多与您一样的人，为了大家的平安而忘我工作：抗疫物资加紧生产，医疗人员驰援武汉，病毒研究取得进展，火神山医院、雷神山医院急速建起……人们仿佛看到胜利的曙光，大家相互鼓励，无数文章与视频都传播着温暖的正能量，一股股暖流在心头荡漾，人们用爱心架起了奔向安康的桥梁。无论是对自己还是对他人，对社会还是对国家，对生命还是对人类，这桥梁都通向快乐、幸福、安康的彼岸。冬去春来，明天就要立春了，父亲，您记得吗？

除夕之夜，万家灯火通明，我与妈妈端坐在电视机前，屏幕上央视主持人正在对防疫工作者进行采访与问候，这其中不正有您吗？为了打赢这场没有硝烟的战争，您与您的同行们付出了太多太多。当新年的钟声敲响的时候，不知道您想家了没？反正，我是想您了！

那天，您抽空和妈妈视频聊天，看到您满眼尽是血丝，但声音依旧洪亮。我想，您一定是累了吧！因为职业原因，您总是不在家，好几天才回来一次，这让我们之间交流甚少，渐渐疏远很多，甚至变得冷淡。平日里，您不过是一个做菜难吃，回家“葛

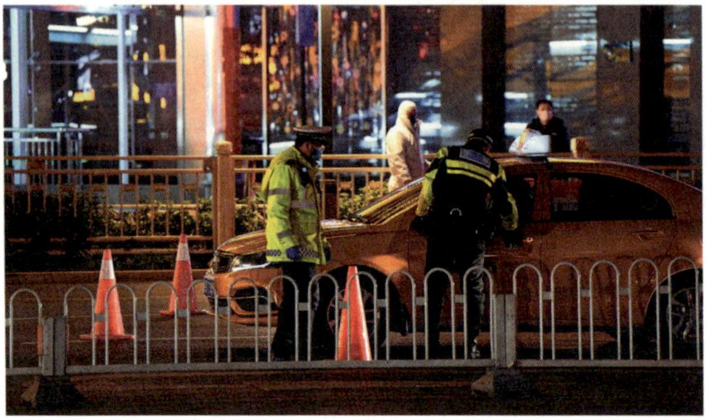

他们是全国公安战线上普普通通的一员、全国共产党员中的一分子。在这场没有硝烟的战争中，他们就是冲锋战士，为百姓筑起一道固若金汤的防线。图为 2020 年 1 月 30 日，西安钟楼下，公安民警对过往车辆逐辆查验、逐人测温、逐车拍照，严防死守，切断疫情传播途径

（摄影 / 杨小兵）

疫情暴发后，公安民警为了全力保护人民群众生命安全，冲在最前线。图为 2020 年 1 月 26 日，西安咸阳国际机场出发大厅，执勤小分队在巡逻。此前一天，陕西启动突发公共卫生事件 Ⅰ 级应急响应，实行最严格的防控措施（摄影 / 杨小兵）

优瘫”，还有几分无聊的懒爸爸……可如今，我多么希望您能回到我和妈妈身边，就在床上继续“葛优瘫”着，不管怎样，只要平安健康，就好！

可这终究是奢望，您依旧坚持在抗疫前线，一身警服，是战袍，是铠甲，在这场没有硝烟的战争中，您和您的同事就是冲锋战士，是你们坚强的精神与意志，为我们筑就了一道固若金汤的防线……

科学防控，坚定信心，就没有我们过不去的坎儿，就没有我们打不赢的仗。病毒需要隔离，但人们之间的温情永远不会隔离。你们的奉献，不仅是职业担当，更是国家使命。你们是谁？你们是这个时代、这个国家、这个民族默默无闻的英雄！面对疫情，只要有千千万万的你们，胜利就会在眼前！

我无数次地想，并坚信，在不久的将来，会有这样一条热搜：新型冠状病毒肺炎已经被消灭。那时候春暖花开，人们纷纷走上街头，摘下面颊上捂的口罩，大口地呼吸清新的空气，与友人谈笑自己宅家的趣事……

父亲，不如到时候我们一起去跑步吧！我就陪着您这个马拉松爱好者，围着小区一圈又一圈地你追我赶，好好享受一番跑步的乐趣……

一身警服，万户堡垒；一身警服，驰骋战场；一身警服，扛起千钧重任。在这场对抗疫情战争中，我知道，您和您的战友，就是守护我和妈妈、守护社会、守护祖国的战神！

爱您，不只在今日，更在未来的每一天！

愿一切安好！平安归来！

赵金煜

2020 年 2 月 3 日

以我步履　送君春曦

——给快递小哥们的一封信

穿行在无人长街的快递小哥们：

你们好！今天跟家人通话报过平安了吗？这会儿包裹都派送完了吗？

进入2月，马上立春，你们就是春日信使，冲破寒冬，传递温暖。

我知道，过年期间，你们本来可以再干几天就交接工作，节日放假，每天的配送任务也本应轻松许多，可在这个特殊的春节，在突如其来的疫情面前，你们面临着更大的挑战：来接替你们的同事们被困外省，市民需求陡然增大，于是，辛苦了一年的你们依旧得奔波于街巷之间。

每天天还未亮，你们就要洗手消毒、测量体温、佩戴口罩，开始忙碌的一天。带有黄色标签的包裹都是用户急需的用品，站长会嘱咐站点里的兄弟们一定要优先派送；中午送完一批货来不及吃饭，靠站点兄弟捎带的外卖将就一顿后又开始忙碌起来；空旷的街头只

戴着头盔、身穿工作服、骑着电动车，飞速地穿梭在城市的大街小巷……这是外卖小哥和快递小哥的工作状态。自疫情防控阻击战打响以来，街上冷清、车辆稀少，不少外卖小哥、快递小哥也成了“逆行者”，在自己平凡的岗位上，为城市的正常运转奉献力量。图为 2020 年 2 月 4 日，钟鼓楼广场上的麦当劳店只有外卖窗口开着，除了偶尔能见到等餐的顾客，还能时不时看见快递小哥进进出出　　（摄影 / 杨小兵）

有你们奔波的身影，却依旧很自豪：我还坚持在第一线。这个特殊的春节，你们忍受着孤独，冒着被感染的危险，还可能面对家人的不理解……心里委屈的时候，你是否也曾有过抱怨；面对严峻的疫情，你一定也有过害怕，不只是担心自己，更担心传染给身边亲人；赶着送货甚至连家人打来的电话都无暇接通的时候，你是否也因无法陪伴他们而心生歉疚；街头的餐馆都关门的时候，自己抱着一碗泡面狼吞虎咽的时候，你是否也有过落泪的冲动？有位小哥说：“总得有人送货，大家的生活才过得去。”感谢你们，独自忍受了这一切，只为保证更多人在家能够正常生活。你们选择留守在岗位上的原因或许是多种多样的，但终究都是奋战在了服务大众的第一线。

跨上运送车，你们满载着市民们网购的生活物资，将每一份期待送达。你或许不知道，你们的运送让多少个家庭得以安心；你或许不知道，自己送去的包裹安抚了多少人焦灼的心情；你或许不知道，派送去医院的那些物资里多少能够用上……但请你一定要知道，每一个微笑都是发自心底，每一声“谢谢”都是真心实意，每一句“辛苦了”都是对你们的敬意。无论摘下口罩、脱下工作服的你们是多么普通，在我们心中，你们都是最为勇敢的战士。你们和医生、护士以及其他坚持在第一线的劳动者一起，共同构成这个寒冷的冬天最亮丽的一道风景。如果说奋战在一线的医护人员是“白衣天使”，那么身扛物资包的你们，深入疫区毅然“逆行”，在“绿色通道”和疫情拼命赛跑的你们，就是当之无愧的“绿色使者”。

请你们相信，你们的每一次穿行都值得感谢，你们的每一次运送都有人记得，你们的每一份坚守都值得尊敬。所有细微之中都隐藏着春暖花开冰面破裂的巨响，所有阴霾之下都蕴藏着柳暗花明曦光初现的希望。病魔终将退散，到那时，你们就可以喘口气，去和亲人团聚。

即请平安！

耿溪悦

2020 年 2 月 2 日

风雨压不垮，苦难中开花！

——致巴基斯坦外交部部长的一封信

尊敬的巴基斯坦外交部部长：

“一方有难，八方支援。”面对来势汹汹的新型冠状病毒肺炎疫情，全国各地的医疗队紧急驰援武汉、各种物资运抵湖北武汉及周边地区，而在国际上，不少国家也对中国提供了力所能及的援助，其中自然也少不了我们的老朋友——巴基斯坦。

“巴方坚定支持中方防控新型冠状病毒肺炎疫情，愿为中方抗击疫情提供一切帮助。巴基斯坦近期将派出军用运输机向中方运送援助物资……”你们这次了不起的举动让我想到了十二年前的汶川大地震。

2008 年 5 月 12 日汶川地震发生后，巴基斯坦空军两架 C-130 运输机在第一时间起飞，搭载着价值约 90 万美元的援助物资飞往中国。稍后，巴基斯坦甚至将自己战略储备物资中的帐篷，一共 22260 顶，全部用于援助中国，飞机空间不够，就把座椅全拆了，运送人员坐在物资中间一起飞过来。作为一名中国人，我由衷地感谢你们。可以说，巴基斯坦此时此刻伸出援手，一行抵万言，再一次证明了中巴友谊比山高、比海深、比蜜甜！雪中送炭的深情厚谊，我们中国人必将牢记在心，没齿难忘。

对中国提供援助，不管是官方还是民间，都是国际人道主义精神的体现，都值得感谢和赞扬。新型冠状病毒肺炎疫情来势汹汹，但中国人民一定会和全世界的朋友们一起，打赢这场战役！等到春暖花开之际，我真诚邀您来中国这片土地，我们可以一起去武汉看樱花，再和亲朋好友欢聚一堂。

谢谢国际上提供疫情防控物资的国家，最困难的时候有你们挺身而出！

尊敬的巴基斯坦外交部部长，我要为您及您的国家点赞，无私奉献，有情有义，有大爱！风雨压不垮，中巴友谊在苦难中开花！

郭锦洲

2020 年 2 月 5 日

陕师大附中全体学生致武汉人民书

亲爱的武汉同胞们：

或许我们素未谋面，但我们流淌着相同的中华血脉，跳动着同样赤诚的心，涌动着同样的家国情怀。近日疫情严峻，心中感慨颇多，遂怀祈佑之心，写下这封信。

新型冠状病毒之所以令人恐惧，正是因为“新”。我们没有成熟的治疗经验，群众没有充足的防护装备，一夜之间，举国恐慌。口罩一抢而空，消毒液需求激增，饭店、商场停止营业……恐慌在街头巷尾蔓延，危机感在百姓心头震颤，面对无情而又肆虐的病毒，这次，我们真的害怕了……

我们知道，为了更多人的安全、为了有效地控制疫情，自 1 月 23 日起，武汉封城。虽然我们没有与你们相同的经历和切肤之感，但相同的血脉让我们理解你们的感受，共同跳动的脉搏连接着一样的情愫。

数千年前，武汉地区就已有先民生息繁衍；自汉代开始成为水陆交通枢纽，商贾辐辏；诗仙李白以一句“江城五月落梅花”赋予了武汉“江城”的美名；明末清初时，武汉成为“楚中第一繁盛”；1911 年，辛亥革命首役——武昌起义在此爆发；1949 年，武汉重获新生；1992 年，邓小平南方谈话的首站就选择了武汉……武汉人民从未停止前进与探索，从未轻言放弃。历史让我们有理由坚信，这样一座积淀丰厚、兼容并包的文化名城，具有坚不可摧的毅力和战胜疫情的信念。

其实，这样的春节，我们都是第一次经历。第一次见到街巷无人，第一次没有走亲访友，第一次戴着口罩视频拜年，更是第一次看着一批又一批的医护人员在除夕的深夜里写下请战书后奔赴抗疫一线。

为我们阻挡疫情，处于最前沿的，是医护工作者的身躯；冲到一线，是他们职业精神的呼唤。护士长唐莎说：“哪有什么白衣天使，不过是一群孩子换了一身衣服，学着前辈的样子，治病救人，和死神抢人罢了。”每一套防护服中，都是在国人心底潜藏已久的家国情怀。这是根植于中国人心灵的大爱，是自然而然的流露，也是最殷切的祝福。

我们看着无数滴泪从人们脸颊滑落，可回首却是万家灯火依旧。那是一群穿着隔离服、脸上留下无数道勒痕的天使为我们点起的灯啊！这灯火虽有万家，却依然显得孤独。暗淡的那几分，我们留给一线的“战士”吧，一起等他们回家！

我们怀着无限敬意，礼赞这个最伟大的时代，致敬这群最可爱的人。高龄的钟南山院士和李兰娟院士，毫不犹豫地冲上一线，以仁心妙手救治患者，创造着更伟大的生命价值。他们丰富的经验和高尚的医德让我们有理由相信，我们有能力战胜疫情。

“一方有难，八方支援。”吾辈少年虽无力回天，无法奔赴一线治病救人，也无法提供所需的医疗物资，但我们身体里的中华血脉让我们渴望竭尽绵薄之力，去帮助一切有需求的人。我们坚定地支持武汉抗疫，以一个中国人的身份。

然而，让我们流泪的，不只是无情的病毒和那些义无反顾的背影，还有那些不法商家。我们不是为无知流泪，而是为良知痛心。野生动物，意在强调“野生”二字，诸商家捕杀、贩卖野生动物的做法，我们坚决抵制。我们不好奇野味，也不以尝鲜为傲。生而为人，务必善良。我们只希望诸商家早日觉悟，不要再展现无知，贩卖良知。或许，虚荣和利益背后的人心与病毒同样值得我们反思。

这次的病毒性肺炎来得急也来得猛，而身处武汉的你们，是最严重、最直接的受害者。但请相信，捏着一把汗、悬着一颗心的不只有你们，还有全中国 14 亿儿女，我们与你们同在。所有的困难都是暂时的，曾经的武汉很辉煌，今后也一样。

亲爱的武汉同胞们，请坚持下去，永远不要放弃，这个难关，我们携手一起渡过！除了新春快乐，我们更想对你们说：加油武汉，天佑中华！我们在西安，唯愿武汉长安！

敬祝武汉人民平安，白衣天使凯旋！

此致

敬礼！

陕师大附中全体学生

2020 年 1 月 30 日

后 记

在这本凝聚我们的少年对武汉深情牵挂，充满家国情怀的《致敬——陕西少年写给武汉的信》即将付梓之际，作为本书的编者，我们感慨良多，想对很多人表达我们由衷的谢意。

首先，我们要特别感谢陕西人民出版社主办的《阳光报》的同人，正是你们策划的“年度特别行动：今天我们都是武汉人——写给抗击疫情一线英雄们的心里话”书信征集活动，为我们提供了丰富的内容，使我们的选题策划能够得以快速实现。

本书从选题策划到排版编校完成，只有短短数天时间。短暂时间的背后是许多人无缝衔接的接力，是顶着疫情的奋勇冲刺。此次疫情，全国上下，万众一心，迎难而上，涌现了无数的感人事迹。这背后是家国情怀和使命担当。为抗击疫情出力，为武汉加油，是我们的使命和担当，也是本书所有参与者的光荣。

在审稿过程中，当我们捧读一篇篇充满亲情、友情、温情、激情的文字时，分明看到一个个、一群群富有家国情怀，有理想、有担当的少年，看到了少年中国。即使一些稿件的文字稍微显得稚嫩，没能入选本书，但饱满的感情，依然打动着我们每一个人。这次所收集文章的质量普遍较高，这离不开作者关心时事，心中有大爱，更离不开指导老师的辛勤付出。特别是此次书信征集活动得到西安高新一中、高新一中初中校区、陕师大附中、曲江一中等学校师生的积极响应和大力支持，其中刘海华、赵娟平、鲍青青、路亮、齐虹、李春岭、卢木 、冯小楠、侯蓁、史小亮、高娜、赵田、卢雯娟、王秀丽等老师在假期，也是疫情蔓延期间不辞辛劳，指导和收集学生作品，为稿件早日完成发挥了至关重要的作用，在此我们表示深深的感谢。同时，要感谢陕西日报社的杨小兵先生，是您拍摄并提供图片，才有了本书的精美呈现。在出版过程中，编校设计人员积极行动，加班加点，精挑细选，科学编排，为本书增色不少。另外，还有很多朋友关心本书的出版，积极提供素材及其他帮助，在这里一并感谢。

由于时间紧，稿件收集整理工作量大，书中不足之处在所难免，特别是个别资料经多方联系，未能联系到作者，还请谅解。

编　者

2020 年 2 月 7 日